AF292661

Harold l'Indomptable

Walter Scott

Copyright © 2024, Walter Scott
Édition : BoD • Books on Demand GmbH, In
de Tarpen 42, 22848 Norderstedt (Allemagne)
Impression : Libri Plureos GmbH,
Friedensallee 273, 22763 Hamburg (Allemagne)
ISBN : 978-2-3225-4273-4
Dépôt légal : Août 2024

HAROLD L'INDOMPTABLE. POEME EN SIX CHANTS.

1) INTRODUCTION. 2) IL est un malaise de l'âme que nous avons tous éprouvé pendant une longue soirée ou un jour sombre et pluvieux. Nos esprits engourdis perdent leur enjouement, rien ne peut hâter la marche lente des heures. Les rayons brillans de l'imagination s'obscurcissent, et la sagesse veut en vain nous offrir sa lumière le plus riant tableau nous parait sans couleur, et la plus douce musique sans mélodie. Nous n'osons pas cependant nous plaindre de l'invisible poids qui nous accable... Quelle sympathie trouverait celui qui ne peut dire ce qui cause sa peine ?

Le joyeux chasseur éprouve cette tristesse, lorsque les nuages d'automne se fondent en torrens, et si un temps contraire l'empêche d'aller tuer la bécasse : EIle est aussi bien connue du pêcheur, qui espère en vain qu'une douce pluie d'été viendra bientôt terminer la sécheresse. Mais que vous êtes à plaindre, surtout, jeunes beautés bou-

2. I

2 HAROLD L'INDOMPTAB LE.

deuses, à qui un père sévère ou une tante plus rigide encore, défendent d'aller au bal, ou à un spectacle curieux, pendant que toutes vos amies préparent près de vous leurs parures éblouissantes !

Ennui ! ou Spleen, comme t'appelaient nos pères ! combien d'inventions ingénieuses nous te devons : les cartes, l'ivoire roulant du billard, les dés bruyans, et l'art du tour. Tu : peux réclamer encore maints jeux savans et autres bagatelles sérieuses, et peut-être cette machine pneumatique, terreur des grenouilles et des rats. (Que de meurtres déguisés sous un nom philosophique !)

Quel poète pourrait compter tous les livres compilés pour attirer tes regards indifférens ! Que de pièces de théâtre, de poèmes, de romans, qu'on n'a jamais lus qu'une fois !... Mais je ne mets point de ce nombre le conte auquel l'aimable Edgeworth a donné ton nom, et qui est ton antidote... j'en excepte aussi les vers de Thomson, ce rêve poétique dans lequel il célébra l'indolence. Puissent mes chants être un jour admis parmi ces heureuses inspirations de la muse 1.

Chacun a son refuge préféré, quand l'ennui l'assiège pour moi, j'aime à entretenir mon feu poétique, en lisant par oisiveté une nouvelle chevaleresque. Je m'étends avec nonchalance sur mon sofa, jusqu'à ce que la lampe qui m'éclaire s'obscurcisse, et qu'un sommeil douteux vienne suppléer au reste de l'histoire. Alors d'antiques paladins et de farouches péans, de tendres damoiselles et des nains farfadets, m'apparaissent en long cortège, et le conte du romancier devient le songe du lecteur.

C'est ainsi que je parviendrais à supporter partout la maladie de l'ennui. Serais-je condamné, comme le Paridel de Pope, à demeurer sur un fauteuil trop mou, je sau-

(1) Allusion à l'Ennui, par miss Edge Worth, et au Palais de l'Indolence, par Thomson = En.

rais trouver pour tromper le temps un charme irrésistible dans les vieux romans de la chevalerie errante, dans les légendes des nécromanciens et des fées, ou dans ces histoires orientales qui nous entretiennent des bons et des mauvais génies, de talismans et de rochers avec des ailes. Oui, voilà ce qui occupe mes loisirs ; je l'avoue, et je permets au goût de s'en indigner, et à la sage raison de se moquer de moi.

Souvent aussi, dans de semblables momens, des rimes que je ne cherche point viendront s'aligner d'elles-mêmes, et composer un récit romantique, brûlé plus tard sans regret, lorsqu'une occupation plus grave m'appelle. En voici un qui a survécu, et je puis dire fièrement qu'il ne demande pas le sourire de la critique, mais qu'il ne craint pas son regard dédaigneux. Mon conte peut bien servir à faire passer une heure : tout ce que mon livre demande, c'est que l'ennui daigne sourire en bâillant, quand il en sera à la dernière page.

3) CHANT PREMIER. 4) I.

Le comte Witikind était d'une race royale, et conduisait une armée de guerriers danois. Malheur aux royaumes où il abordait ! A sa voix, des flots de sang inondaient la terre. Les jeunes filles étaient enlevées et les prêtres égorgés ; les corbeaux et les loups venaient en foule se disputer les restes des cadavres. Quand il déployait sen étendard noir, la guerre précédait ses pas, les ruines marquaient son passage, et l'incendie des temples servait à guider les Danois jusque dans leurs vaisseaux.

II.

Le nom de Witikind était connu sur les rivages d'Irrlande ; les vents de la France avaient souvent déroulé ses bannières, et l'Écosse les avait aussi vues flotter sur ses

4 HAROLD L'INDOMPTA BLE.

arides montagnes. Mais c'était surtout vers les côtes d'Angleterre qu'il trouvait un riche butin. Il avait tellement multiplié ses ravages, que si les insulaires apercevaient dans le lointain une voile inconnue, les clairons guerriers appelaient aux armes, les citoyens se hâtaient de fortifier leurs remparts, et les villageois fuyaient leurs sillons pour éviter la rage des pirates. Des signaux étaient allumés sur toutes les hauteurs ; le beffroi faisait retentir le son d'alarme, pendant que les moines épouvantés se mettaient en prières, et chantaient : — Préservez-nous, Vierge du ciel, des torrens et de l'incendie, de la peste, de la famine, et de la colère du comte Witikind.

III.

La riche Angleterre avait pour lui tant d'attraits, qu'il résolut d'en faire sa seconde patrie ; il entra dans le Humber, et débarqua avec tous ses Danois. Trois comtes vaillans vinrent le combattre ; les deux premiers furent ses prisonniers, le troisième resta sur le champ de bataille. Witikind abandonna les rives du Humber, et porta ses ravages dans le Northumberland. Le roi saxon, blanchi par la vieillesse, était faible dans les combats, mais sage dans les conseils. Il préféra obtenir la paix de ce païen si terrible, en lui envoyant des présens, et il acheta le. repos de ses sujets. Le comte consentit à prendre le titre de vassal du sceptre d'Angleterre.

IV.

Le temps rouille l'épée la mieux aiguisée ; le temps use le câble le plus fort ; il ne respecte pas davantage la vigueur des mortels. Parmi les Danois venus dans la Grande-Bretagne, sous les ordres de Witikind, les uns étaient d'un âge avancé, les autres n'étaient plus ; le comte lui même commençait à trouver son armure trop pesante ; les rides sillonnaient son front, et ses cheveux blanchirent. Il eut besoin de chercher l'appui d'un bâton on un coursier docile. Avec sa force il perdit sa férocité ; il fit

CHANT PREMIER. 5

sa paix avec les prélats et les prêtres, et, baissant humblement la tête devant eux, il écouta leurs conseils avec patience. L'évêque de Saint-Cuthbert était un saint personnage qui ne donnait que de sages avis.

V.

— Vous avez égorgé et pillé, lui disait-il il est temps d'effacer les souillures de votre âme. Vous avez immolé des prêtres et brûlé des églises ; il est temps de penser au repentir. Vous avez adoré les démons ; il est temps de quitter les ténèbres pour la lumière. Puisque quelques années de vie vous sont accordées encore, tournez votre espoir vers le ciel.

Le vieux païen leva la tête, et répondit au prélat en le regardant fixement : — Donne-moi les domaines situés sur les rives de la Tyne et du Wear, et je quitterai ma croyance pour la tienne.

VI.

L'évêque lui accorda tout ce qu'il demandait, à condition qu'il en ferait hommage à l'Église. Le comte Witikind y consentit, plus joyeux d'acquérir de nouvelles terres que de changer de religion. L'antique église de Durham fut préparée pour le recevoir ; le clergé s'assembla avec solennité ; le comte arriva couvert d'une peau d'ours, et appuyé sur le bras de sa concubine Hilda. Fléchissant le genou devant la châsse de saint Cuthbert, il assista patiemment à des cérémonies inconnues, abjura ses idoles, et reçut sur la tête l'onde mystique de la grâce. Mais le regard de ce prosélyte en cheveux blancs avait quelque chose de si féroce, que le prêtre qui le baptisa pâlit, et ne put s'empêcher de frémir. Les vieux moines marmottèrent sous leurs capuchons : — « Une souche si sauvage pourra-t-elle jamais produire un heureux rejeton ? »

VII.

Quand la- cérémonie fut terminée, Witikind se rendit à son château, sur les bords de la Tyne. Le prélat l'y

6 HAROLD L'INDOMPTABLE.

suivit pour lui faire honneur. Les bannières flottaient dans les airs ; les moines les précédaient à cheval, et derrière eux venaient des hommes armés de lances. Bientôt le cortège défile dans la vallée ; à la porte de la forteresse était le jeune Harold, fils unique et héritier du comte.

VIII.

Le jeune Harold était déjà redoutable par son audace ; sa force et son caractère irascible. Son aspect était dur et sauvage ; il ne portait ni collier ni bracelet d'or ; et ce jour de fête ne le vit point revêtir un riche vêtement. Sa tête était découverte, et ses sandales délacées ; les boucles de ses noirs cheveux pendaient sur son front, et laissaient seulement entrevoir ses regards menaçans ; sa main était armée d'une massue danoise, dont les pointes étaient souillées d'un sang qui fumait encore. À quelques pas derrière lui on apercevait une louve et ses deux louveteaux qu'il avait tués ce matin même à la chasse. Il ne fit qu'un brusque salut à son père, et aucun à l'évêque.

IX.

— Est-ce bien toi, dit-il, qui te laisses conduire par des prêtres ; est-ce bien toi que cet hypocrite regard et ce front humilié rendent semblable au jeune novice qui médite déjà de violer ses vœux ? Est-ce bien là ce Witikind le Terrible, le fils du roi Eric, l'époux de la fière Gunhilda, qui conquit sa fiancée avec le glaive et la hache ? Es-tu bien encore ce guerrier qui ravit le calice de saint Pierre, et le convertit en bracelets consacrés à Freya et à Thor ? Est-ce bien toi qui, devant l'autel d'Odin, écrasas d'un coup de ton gantelet la tête d'un buffle sauvage ? Tu suivais alors les rites des dieux de la guerre, et tu les honorais par les exploits des braves et des forts. Aujourd'hui, vieillard sans énergie, iras-tu avouer tes crimes à un moine tonsuré, changer ta cuirasse contre la haire, et te condamner toi-même au jeûne et au fouet, comme un vil esclave ? Ou, admis dans un cloître, asile de l'indolence, voudras-tu t'énerver entre un prêtre et une

CHANT PREMIER. 7

courtisane ? Honte éternelle au fils d'Eric ! Les harpes de tous nos scaldes flétriront ta gloire, et Harold te refusera le nom de père.

X.

Le comte Witikind écume de fureur : — Écoute-moi, Harold, fils endurci, s'écria-t-il ; seras-tu toujours plus téméraire et plus arrogant ? Je t'ordonne de renoncer à des outrages insensés. Crains mon courronx et garde le silence. J'acquitte la dette légitime du repentir ; l'Église m'accorde une riche récompense, et je prouverai par mon épée la vérité de ses dogmes. Je ne dois compte de mes actions à personne, et encore moins à mon fils. Mais pourquoi te parlé-je de repentir et de vérité, à toi qui, depuis ton berceau, n'as connu ni la pitié ni la raison ? Fuis loin de ces lieux ; va trouver le tigre et l'ours dans leurs cavernes : voilà les compagnons dignes de toi.

XI.

Harold sourit avec férocité, et reprit froidement : — Nous devons honorer nos pères et les craindre... Pour moi, je suis ce que m'ont fait tes leçons ; mon berceau fut ton bouclier ; mon premier jouet fut ton glaive. Enfant, on m'apprit à frapper des mains et à pousser des cris de triomphe lorsque la flamme embrasait les châteaux. On me faisait tremper les mains dans le sang d'un ennemi vaincu, et ce sang servait de fard à mon visage. C'est toi qui n'as jamais connu la vérité, toi qui vends dans ta vieillesse le culte de tes ancêtres. Lorsque cette louve — et il lança le cadavre sanglant dans la plaine, — lorsque cette louve, revenue à la vie, offrira encore ses mamelles à ses nourrissons, Harold reverra le visage de son père ! ... Jusqu'alors, ancien idolâtre et nouveau chrétien, adieu !

XII.

Prêtres, moines et prélat, tous restèrent immobiles de terreur, et laissèrent passer au milieu d'eux le jeune païen. Il renversa un porte-croix de dessus son cheval, et

8 HAROLD L'INDOMPT ABLE.

s'élança sur la selle. On poussa un cri de douleur lors qu'on vit le signe du salut tomber à terre. Le vieux comte tira son épée du fourreau : mais le prélat, plus calme, lui arrêta le bras. — Laissez-le s'éloigner ! dit-il ; le ciel connaît son heure... Mais il faudra qu'il donne des preuves de repentir, qu'il prie et qu'il verse des larmes amères, avant de posséder aucun domaine sur les rives de la Tyne et du Wear. C'est ainsi que le jeune Harold l'indomptable, fils du comte Witikind, dit adieu à son père.

XIII.

Un repas splendide réunit les prêtres et les soldats, les païens et les chrétiens. Le sage prélat tolère lui-même un scandale qu'il espère détruire avec le temps. Il eût été dangereux, selon lui, de parler de sobriété à un Danois qui n'était encore chrétien qu'a demi. L'hydromel et l'orge fermentée coulent à grands flots. On chante, on crie, on mêle le Kyrie eleison aux chants guerriers du Danemarck et de la Norwège. Enfin, s'étant mutuellement lassés, les convives s'étendent sur des nattes de jonc. A la bruyante gaieté succède le calme du sommeil, mais un orage semble déclarer la guerre au château.

XIV.

Dans une tour solitaire était Gunnar aux blonds cheveux, fils de la vielle Ermengarde. Harold l'avait choisi pour son page ; car Ermengarde avait pris soin : de son enfance. Le jeune Gunnar se désolait en pensant que son maître n'allait avoir dans l'exil ni ami ni asile ! Il entend les roulemens de la foudre et le bruit, de la pluie. — Hélas ! dit le page, Harold erre au milieu des ténèbres, exposé à toute la rage des elemens ! Harold est dur et sauvage ; mais il m'aimait cependant, parce que j'étais le fils d'Ermengarde ; et j'ai souvent suivi mon maître à la chasse, depuis l'aurore jusqu'à la nuit, sans en recevoir une seule réprimande : Que n'ai-je quelques années de plus ! Je quitterais bientôt les rives de la Tyne ; car, ayant

CHANT PREMIER. 9

de rendre le dernier soupir, ma mère m'ordonna de ne jamais abandonner son nourrisson.

XV.

— Il pleut, l'éclair luit, la foudre éclate, comme si Lok, le dieu du mal, avait brisé sa chaîne. Maudit par l'Eglise et chassé par son père, Harold ne doit pas espérer que ni chrétien ni païen lui donne un refuge : Quel mortel peut affronter une si terrible tempête ? Sans guide, sans manteau, Harold va périr dans quelque marécage !... Quelque chose qui puisse arriver à Gunnar, il ne restera point ici. Il s'arrache de sa couche, et saisissant sa lance, il descend dans la salle du festin. Le bruit de ses pas ne réveille aucun des convives, qui semblent tous dormir du sommeil profond de la mort. — Ingrats et lâches, dit le page indigné, vous oubliez le héros du Danemarck. Pour vous, moines indolens qui vivez dans l'abondance, vous allez céder à Gunnar de l'or et un cheval.

XVI.

Se souciant fort peu des malédictions de l'Église, Gunnar s'empare de la bourse du prieur de Jorval. Le lendemain matin, l'abbé de Saint-Ménehat cherchera vainement son manteau enrichi de fourrures, et le vieux sénéchal sera surpris de ne plus trouver ses clefs.

Le page s'est rendu à l'écurie, et, sautant sur le palefroi de l'évêque, il laisse derrière lui le château et le village, pour joindre le fils de Witikind. Le coursier ne galope qu'à regret par un tel orage, lui qui n'était pas accoutumé à braver la rigueur du temps. Ses hennissemens parviennent aux oreilles d'un autre coursier qui était attaché à un arbre. Celui-ci hennit aussi pour lui répondre, et la flamme d'un éclair montre à Gunnar Harold étendu sur le gazon.

XVII.

Il se relève soudain, et s'écrie d'une voix tonnante : — Arrète ! En même temps sa terrible main s'est armée de sa massue. Le fils d'Ermengarde se nomme, lui déclare

10 HAROLD L'INDOMP TABLE.

son projet, lui montre le palefroi, et lui offre la bourse du prieur. — Retourne au château, retourne, téméraire ? lui répond Harold. Tu ne peux partager ni mes plaisirs ni mes chagrins. Ne t'ai-je pas vu pleurer la mort d'un oiseau ? Pourrais-tu fixer ton pied sur la tête d'un ennemi expirant, affronter les dieux, les démons, et les mortels plus abhorrés encore ? Risquer à chaque instant sa vie, aimer le sang et le carnage, voilà les qualités que j'exige de mon écuyer….. Tu vois bien que tu ne pourrais jamais l'être. Adieu donc.

XVIII.

Le jeune Gunnar frémit comme le feuillage du tremble, en entendant cette voix farouche, et en voyant ce sombre regard ; il fut sur le point de se repentir de son serment. Mais il était trop tard pour revenir sur ses pas ; il craignait la honte, et il aimait son maître. Il le supplia de se laisser fléchir. — Hélas ! dit-il, si mon bras est trop faible, si tu te défies de mon courage, permets-moi de te suivre pour l'amour d'Ermengarde. Peux-tu croire que Gunnar te trahisse jamais par la crainte du trépas ? N'ai-je pas risqué ma vie pour t'apporter cet or et ce manteau ? Et d'ailleurs, quel sort m'attend auprès de Witikind ? M'exposeras-tu à la vengeance des prêtres et à la colère de ton père ? Irai-je finir honteusement mes jours dans un cachot ?

XIX.

Le regard d'Harold s'adoucit, et il détourna la tête en essuyant ses yeux, soit qu'une larme eût mouillé sa paupière, soit que ce fût une goutte de pluie. — Tu es donc proscrit ? dit-il à Gunnar. A ce titre tu peux être mon page !

Dirai-je tous les climats qu'ils parcoururent ensemble, toutes les aventures qu'ils rencontrèrent, et leurs nombreux combats. Quelquefois seul, quelquefois à la tête de quelques braves, Harold était toujours vainqueur. On disait que son regard brillait d'une lumière surnaturelle.

CHANT PREMIE R. 11

Sa force extraordinaire, son humeur sombre et farouche qui lui faisait préférer au séjour des villes un lit de gazon et un abri de feuillage, ses exploits inouïs et son intrépidité, semblaient appartenir à un mauvais génie, et l'on répétait tout bas que Harold, fils de Witikind, était un démon échappé de l'enfer.

XX.

Les années ont succédé aux années. Le vieux prélat est enseveli dans un cercueil de plomb. On montre, dans la chapelle, le marbre qui le représente avec sa crosse et son scapulaire, les mains jointes, et comme suppliant le ciel. La mitre de saint Cuthbert a passé sur le front du fier Aldingar. Désireux d'étendre les droits de son siège, il emploie la ruse ou la force pour soumettre les rebelles.

Aldingar a revêtu ses habits pontificaux, et le chapitre de Durham s'est rassemblé par ses ordres.

— Mes frères, dit l'orgueilleux prélat, je vous annonce la mort de notre vassal le comte Witikind. Il a légué tous ses biens et tous ses trésors à l'Église, et fondé une sainte congrégation où l'on priera pour le repos de son âme. Son fils Harold mène une vie errante ; craint des hommes et abhorré du ciel, un tel héritier ne peut posséder les terres de son père sur la Tyne et le Wear. La sainte Eglise les réclame et s'en empare.

XXI.

Le vieux chanoine Eustace répondit : — Harold est d'une audace et d'une intrépidité sans égales. La renommée a porté jusqu'à nous son nom redoutable. La mort a été le partage de quiconque a osé le braver. Laissons-lui l'héritage de son père ; le ciel pourra un jour changer son cœur ; mais, si nous le condamnons à vivre dépouillé de tout….., le désespoir est un mauvais conseiller.... Eustace fut interrompu par le murmure de ses frères ; le prélat fronça le sourcil en le regardant, et il fut décidé d'une voix unanime que l'Église reprendrait les terres de Saint-Guthbert.

12 HAROLD L'INDOMPTABLE

5) CHANT SECOND. 6) I.

Qu'il est doux, dit une vieille ballade, d'errer dans le bocage au joli mois de mai, quand les oiseaux vous y invitent par leurs concerts mélodieux ! Le frêne porte avec grâce son aigrette aérienne, le bouleau se pare de ses feuilles argentées, et le sombre chêne les domine fièrement comme une tour superbe en vain mille branches s'entrelacent, les rayons du soleil percent ce dôme de verdure, colorent le feuillage d'une teinte plus vive, et ajoutent encore à l'éclat de la fleur nouvelle. Que je plains le mortel qui dédaigne l'asile des bois quand le chevreuil et le cerf timide y cherchent un abri contre les feux du jour !

II.

La saison de l'automne a moins de charmes peut-être ; elle vient trop tôt flétrir le gazon et dépouiller l'arbre de sa verdure. Un morne silence règne dans la forât il n'est interrompu que par le chant plaintif du rouge-gorge, la chute monotone des feuilles desséchées, ou les aboiemens lointains du limier qu'appelle le chasseur ; mais j'aime encore les bois solitaires, soit que le soleil y brille dans toute sa splendeur et nuance les troncs dépouillés des arbres, soit que la gelée blanche se convertisse en vapeurs et entoure la forêt comme le voile d'une jeune veuve qui ne cache qu'à demi, sous la gaze légère, les traits pâles de la beauté affligée.

III.

La belle Metelill habitait le bois de Durham ; son père violait toutes les lois de la chasse, et vivait de l'arc et du carquois. Les flèches deWulfstane ravageaient impunément les plaines et les coteaux de la Tyne, la vallée de Weardale, les bois de Stanhope et les rives de Ganless ; mais Jutta de Roukhope était encore plus redoutée que

CHANT SECOND. 13

son époux par sa réputation de magicienne. On tremblait quand ses yeux s'enflammaient de colère, on tremblait davantage encore quand elle vous adressait son amer sourire. Malheur à celui qui était l'objet de ses ressentimens : les traits de Wulfstane étaient moins prompts et moins funestes que ses regards irrités !

IV.

Cependant, ainsi l'avait voulu le ciel, ce couple odieux avait une fille ravissante de beauté. Jamais fiancée plus belle ne fut admise dans la couche d'un prince ; jamais, peut-être, l'île de la Grande-Bretagne n'a vu depuis des charmes aussi divins.

La douce Metelill ignorait l'imposture et le crime. Simple et innocente, ses seules armes ses seuls enchantemens, c'étaient la fossette arrondie de son sourire, sa pudique rougeur et ses yeux de jais : elle était si jeune et si naïve, qu'elle avait peine à renoncer aux jeux de l'enfance, et qu'elle aimait encore secrètement à errer sous le feuillage pour y tresser des guirlandes, et orner de fleurs les boucles de ses noirs cheveux. Cependant ce cœur si ingénu éprouvait déjà le premier sentiment de l'amour

Ah, pauvre fille ! prends bien garde ! ce dieu qui s'est introduit dans ton sein n'est encore qu'un hôte bienveillant, et ne fait qu'ajouter au charme délicieux et perfide, aux émotions paisibles de ton cœur, mais bientôt, tyran jaloux, il voudra régner seul.

V.

Un matin la jeune fille porta dans le bois ses pas errans, et s'assit auprès d'une fontaine pour former un collier avec les baies rouges de l'églantier. Semblable à l'alouette qui salue l'aurore par ses chants joyeux, Metelill fit entendre ce lai villageois ;

VI.

Lord William est né dans un château,

Il attend un riche héritage !

14 HAROLD L'INDOMPTABLE.

Eh bien ! milord préfère le hameau

Et des bois le discret ombrage.

Dans les cités pour séduire les cœurs

La beauté cherche la parure ;

Eh bien ! milord aime les simples fleurs

Que je mêle à ma chevelure.

De Saint-Cuthbert le pieux pèlerin

Humblement baise son rosaire ;

Je puis prétendre à cet honneur divin,

Et je ne suis qu'une bergère.

Lorsque ma main forme un collier charmant

Des fruits de l'églantier sauvage,

Milord survient, le baise tendrement,

Mais je rougis de cet hommage.

Sermens d'amour furent toujours trompeurs,

Répète souvent ma nourrice ;

Ma mère aussi dit que jeunes seigneurs

Trompent la bergère novice.

Mais ces avis ne sont pas faits pour moi,

J'ai fait choix d'un amant fidèle ;

Jamais milord ne trahira sa foi,

Il m'aime d'amour éternelle.

VII.

Tout-à-coup elle s'arrêté et tressaille, en sentant un gantelet de fer posé sur son bras tremblant ; elle tourne la tête, et voit avec terreur un chevalier armé de pied en caps son casque et son écu sont usés, son justaucorps tombe en lambeaux ; il semble un de ces geans dont les crimes lassèrent jadis la patience du ciel. Sa voix, qu'il cherche à radoucir pour exprimer sa satisfaction, est encore terrible. — Jeune fille, dit-il, continue ta ballade ; n'aie point de peur... je t'écoute avec plaisir.

VIII.

Surprise à l'aspect de cet inconnu, tout ce que la jeune fille put faire, ce fut de tomber à genou, et de croiser les mains. — Pardonne, dit-elle en hésitant, pardonne les terreurs d'une pauvre bergère, si tu es un mortel ; mais si les histoires qu'on fait sont véritables, si tu es le guerrier de la forêt qui viens me punir d'oser faire entendre ma

voix sous cet ombrage, ma mère Jutta connaît les secrets magiques qui fléchissent les mauvais génies, permets que ses charmes tout-puissans te demandent ma grâce ; cesse de m'arrêter, je t'en supplie.

Le chevalier sourit sous son casque ; puis, relevant sa visière, il fit voir son visage à la jeune fille, et s'efforça de donner à son regard toute la douceur qu'il pouvait exprimer : tel est le calme des nuits d'automne quand la voix de l'orage s'est tue ; mais les pécheurs prudens qui contemplent encore les nuages et l'horizon obscurci, conduisent leurs barques dans la baie voisine.

IX.

— Jeune fille, dit le guerrier, sois discrète, et daigne m'écouter : j'ai longtemps erré dans des contrées lointaines, et je viens enfin chercher un asile dans ma terre natale ; mais je cherche aussi une compagne ; je veux qu'elle soit douce, tendre et simple. Les filles des grands n'ont aucun attrait pour moi. Je suis d'un caractère un peu sauvage, je sens dans mes veines le feu du sang royal, et je ne crois pas qu'il me convienne de m'unir à une de mes égales. Puisque les vierges timides disent que mes traits sont farouches, et mon aspect sans grâce, pour avoir une belle postérité, que la fiancée de mon choix ait la beauté en partage... Tu me plais, c'est la première fois que je puis arrêter mes yeux sur un front où se peint la terreur ; ce sein qui palpite, cette larme qui mouille ta paupière ajoutent encore à tes appas... Accorde-moi un baiser... Allons, jeune fille, pourquoi trembler ?... Maintenant, va trouver tes parents dans leur chaumière, et dis-leur qu'un fiancé ira bientôt te parler de son amour et leur demander ta main.

X.

La jeune fille courut bien vite au toit paternel, comme un lièvre timide qui s'échappe des griffes d'un lévrier ; mais elle n'osa pas confier ce secret et son aventure, craignant les reproches de son père, qui lui défendait souvent

16 HAROLD L'INDOMPTAB LE.

d'aller s'égarer dans l'épaisseur de la forêt. La nuit vint, la vieille Jutta s'assit, auprès de son rouet, et Wulfstane se mit à réparer son are et ses flèches à la lueur incertaine de la lampe. Soudain ses chiens de chasse se réveillent en sursaut ; un bras puissant ébranle la cabane, Wulfstane saisit ses armes ; la porte s'ouvre, un farouche guerrier s'avance à grands pas.

XI.

— Que la paix soit avec vous ! dit-il. Quoi ! personne ne répond, cessez d'être surpris et d'avoir peur. C'est moi !... Cette jeune fille a dû m'annoncer... Peut-être n'a-t-elle pas osé le faire... N'importe... C'est moi qui demande la belle Metelill en mariage. Je suis Harold l'indomptable, dont le nom est l'orgueil des braves et la honte des lâches.

Le père et la mère s'interrogent mutuellement par des regards qui expriment la terreur et la colère. Wulfstane, toujours prêt à guerroyer, commençait à mesurer de l'œil la taille de l'étranger, mais son courage l'abandonna soudain quand il comprit que le combat serait inégal. Les regards de Jutta disent assez avec quelles funestes malédictions elle prononce tout bas le nom d'Harold ; mais elles sont impuissantes sur le fils de Witikind, et la, sorcière n'ose plus le regarder qu'avec l'air égaré de la surprise.

XII.

Bientôt la vieille eut recours à la ruse, arme naturelle des femmes, et répondit avec douceur au chevalier, que sa fille était trop jeune encore. — Harold reprit que c'était là l'excuse d'une vierge timide. L'héritier d'un riche baron, ajouta-t-elle, prétend avoir touché son cœur. — Dites-lui tout bas que c'est Harold qui est son rival : Jutta crut alors prudent de demander un délai — Que le chevalier, dit-elle, daigne attendre jusqu'à demain matin, il est nuit !... le seigneur Harold honorera ses hôtes, s'il consent à dormir sous leur toit. Elle espérait bien, si Harold acceptait, que ce serait son dernier sommeil. —

CHANT SECOND. 17

Je refuse pour cette nuit, répondit Harold, m'ais je reviendrai bientôt pour ne plus vous quitter. A ces mots il franchit d'un pas gigantesque le seuil de la porte, et disparaît dans l'obscurité,

XIII.

Étourdis un moment de cette visite inattendue, Wulfstane et Jutta passèrent bientôt de la crainte à la colère, et leurs reproches tombèrent d'abord sur la pauvre Metelill : — Ne lui avait-on pas défendu cent fois d'aller errer dans la forêt ! C'est vous, lui dit-on, qui êtes la cause du malheur qui nous menace ; retirez-vous, allez penser un peu à la sagesse et au repentir. Metelill obéit, et baigna bientôt sa couche de ces larmes que l'absence fait verser aux amans ; ou, si elle put enfin se livrer au sommeil, l'hommage du farouche Harold la poursuivit dans ses songes.

XIV.

A peine était-elle partie, que son père et sa mère tournèrent leur mauvaise humeur l'un contre l'autre. — Tu passes pour un chasseur hardi, s'écria Jutta, et tu as pu endurer une telle insulte ! — L'homme déclare la guerre à l'homme, répondit Wulfstane, il faut être sorcière pour attaquer les démons. Le sombre regard d'Harold, sa taille et sa force, n'appartiennent pas à un simple mortel... mais toi, qu'est devenue la promesse que tu m'avais faite ? Le lord William, le riche héritier du baron Ulrick devait être l'époux de Metelill. Tous les secrets dont tu es si fière ne servent-ils donc qu'à faire mourir la chèvre d'un paysan, ou à inonder ses semailles par les pluies d'automne ? Ne sais-tu que te traîner dans les marécages, ou troubler le sommeil d'un pauvre berger ? Est-ce là tout ce qui te vaut le nom de sorcière ; ce nom qui heureusement te livrera un jour aux charbons ardens de l'enfer ? Ne serait-ce pas le moment d'employer tes maléfices ? Mais je vois que tu auras besoin que cette flèche aiguë se charge de ta vengeance.

a. 2

XV.

Jutta répondit en fronçant le sourcil : — Je ne chercherai point à combattre ta folie ou ta rage. Mais, avant que le soleil de demain soit couché, tu verras, Wulfstane, si je sais me venger. Crois-moi, malgré ton arc et ton adresse que j'ai moi-même invoqués dans un premier moment de colère, ce n'est pas la destinée d'Harold de périr comme le cerf de la forêt. Mais Harold, toi-même, et cette lune qui pâlira avant de disparaître derrière la colline ; oui, la lune, Harold et toi-même, vous connaîtrez tout le pouvoir de mes enchantemens.

En répétant cette menace, elle se dirige du côté de la porte, et laisse Wulfstane apaiser ou nourrir seul son ressentiment.

XVI.

Jutta poursuit sa marche avec tant de rapidité qu'elle semble avoir oublié sa vieillesse. Elle rencontre un moine sur son passage ; il se retire à l'écart, et se signe d'une main tremblante. Elle traverse un hameau, les dogues cessent d'aboyer, et témoignent par leurs gémissemens l'horreur qu'inspire sa présence. Elle s'enfonce dans la forêt ; un bruit étrange annonce au loin son approche, c'est le renard qui glapit, et le courlis qui fait entendre son cri plaintif dans la fondrière ; le corbeau croasse sur la cime du chêne, dont le feuillage incliné ombrage le torrent écumeux ; et le chat-pard qui cherche sa proie, pris soudain la fuite. Jutta gravit la roche escarpée, et invoque une divinité du paganisme.

XVII. INVOCATION

— O toi qui, assis sur ton trône de rocher, vois l'Esthonien et le Finlandais, fidèles à ton culte, aiguiser leurs glaives vengeurs destinés à inonder tes autels du sang odieux des chrétiens, écoute-moi, divinité des montagnes, écoute-moi, puissant ZERNEBOCK.

CHANT SECOND. 19

— Roi des forêts, tes merveilles ont étonné jadis cette roche aride ; mille tribus y ont chanté tes louanges, et sur cette pierre où les druides ont gravé des caractères mystérieux, le sang des victimes a coulé par torrens ! aujourd'hui, c'est une femme seule qui vient y répandre quelques gouttes du sien. Elle est la dernière et la plus faible de tes prêtresses ; écoute-la, Zernebock, et sois docile à sa voix.

— Silence ! il vient….. le vent glacé de la nuit gémit dans le ravin. La lune s'obscurcit, et s'entoure de nuages ; mes cheveux hérissés, le frisson qui me saisit, annoncent que le dieu approche.... ceux qui oseront le regarder seront frappés de mort... Arrête ! je tombe à genoux, et je me couvre d'un voile : O toi qui planes sur la tempête, toi qui ébranles la colline et brises le chêne, Zernebock, épargne-moi.

— Mais non, il ne vient pas encore ! ce retard, cette indifférence sont donc le prix de mon zèle. O toi... t'appellerai-je dieu ou démon ? que d'autres cherchent à te rendre propice par leurs humbles prières ; moi je t'appelle par des conjurations magiques. Je prononcerai ce mot terrible qui va effrayer ton maître dans les feux de l'enfer, et ébranler sa triple chaîne. Mais je t'entends, Zernebock, et je sens ta présence.

XVIII.

— Fille de la poussière ! dit la voix retentissante ; — le sol de la vallée trembla, et le rocher massif s'ébranla sur sa base ; — fille de la poussière, ce n'est pas à moi qu'est confiée la destinée d'Harold. Le ciel et l'enfer se disputent son âme et sa vie ; j'ignore si nous remporterons la victoire à sa dernière heure. Il se lève en ce moulant une étoile rougeâtre qui le menace de sa fatale influence : profite du temps qu'elle mettra à parcourir sa carrière pour employer tes noires trames. Allume la guerre entre Harold et l'Eglise, et livre sa vie à de périlleux hasards. Je te promets mon aide pour le perdre.

20 HAROLD L'INDOMPTABLE.

La voix s'est tue ; un bruit terrible, semblable aux roulemens de la foudre, trouble un moment le morne silence de la nuit, et va épouvanter les hameaux livrés au sommeil.

— Est-ce là tout ce que tu viens m'apprendre ? s'écria Jutta d'un ton farouche ; retourne dans le climat des brouillards et des orages : c'est là, divinité impuissante, qu'est ton digne séjour ; jamais le Breton ne fléchira le genou devant un génie tel que toi. Elle frappa l'autel de sa baguette ; mais ce fut aussi légèrement qu'une beauté timide touche son palefroi pour, hâter sa marche : cédant à ce faible effort, cette pierre énorme se détache de sa base ébranlée, roule dans le vallon avec le fracas de la foudre, et va s'engloutir dans l'onde du lac, qui bondit, écume, et inonde ses bords. Mais à peine la lune laissait tomber son paisible rayon sur ce lac agité, que Jutta était déjà de retour dans sa chaumière.

CHANT TROISIÈME.

I.

Tours antiques de Durham ! il fut un temps où je contemplais vos créneaux avec cette vague espérance qui embellit l'aurore de la vie ! non que, même alors, mon âme osât se livrer à la vaine ambition d'obtenir un jour les honneurs du trèfle ou de la mitre ! mais, à l'aspect de vos murs vénérés, une vision flatteuse me montrait dans le lointain, un toit commode, un modeste presbytère... C'est ainsi que l'espérance m'abusa comme elle abuse tous les mortels.

Mais j'aime encore tes piliers massifs, o toi qui es en même temps un temple pour la Divinité et une forteresse contre l'Écosse ; j'irais volontiers errer dans ton illustre enceinte, riche du souvenir des temps passés. Semblable au voyageur qui abandonne le champ de ses pères pour aller parcourir les contrées que consacre l'histoire, et arracher leurs monumens à l'oubli ; je ferais encore retentir tes voûtes des hymnes du prêtre et du bouclier sonore du paladin.

Vains regrets !... D'autres soins réclament mes loisirs dans un autre climat, Mais la harpe du Nord m'ordonne de célébrer avec elle l'histoire de tes premiers âges. Je voudrais que l'instrument harmonieux m'inspirât l'art de retracer le beau spectacle que tu offris à Harold lorsque, du sommet de Beaurepaire, il aperçut, au lever de l'aurore, les tours saxonnes d'Eadmer entourées des ondes du Wear.

II.

Les premiers feux du soleil trahissaient les détours de la rivière, qui semblait se cacher sous l'ombrage des arbres dont ses bords sont ornés. Les tourelles gothiques projetaient leurs ombres gigantesques, et la cloche de matines faisait entendre ses sons prolongés, que répétaient au loin les échos du donjon.

III.

Les vapeurs du matin s'élevaient de la terre, et le peuple joyeux des oiseaux se réveillant en répétant ses concerts. Les cors sonores appelaient à la chasse la meute endormie ; la brise semblait s'arrêter dans son vol aérien, pour dérober le parfum des fleurs et jouer avec leur tige légère. Ce tableau, que révèlent les premières clartés de l'aurore, cette douce mélodie des oiseaux, et le souffle parfumé du matin, charmèrent le cœur farouche d'Harold ; involontairement ému, il suspend son casque à un arbre voisin, qui sert aussi d'appui à sa massue et à son épée. Il s'asseoit sur le vert tapis du gazon, et adoucit l'expression sauvage de son regard : si quelqu'un avait eu à demander une faveur à ce fier Danois, il eût été sage de profiter de ce moment.

IV.

Gunnar se plaça auprès de son maître et remarquant

22 HAROLD L'INDOMPTABLE.

le calme de son visage, il épia l'occasion favorable de hasarder un conseil. C'est ainsi que, lorsque les derniers flots d'un torrent s'écoulent, le timide pèlerin hésite encore, et s'arrête sur la rive avant de risquer le passage ; tel l'écuyer d'Harold craignait encore de réveiller l'humeur chagrine de son seigneur, lorsque celui-ci releva la tête, et Gunnar vit briller ses yeux comme ces rayons du soleil qui dispersent les nuages.

V.

— Fils d'Ermengarde s'écria-t-il, descendant des bardes, et fils d'une prophétesse, prends ta harpe, et salue cette brillante aurore par un noble chant de gloire ! que ta voix retentisse comme le cor du chasseur et l'harmonie sauvage des bois ; tel était le plaisir de mon ancêtre Eric, lorsque le point du jour dissipait les ténèbres. Le scalde Heymar appelait au son de sa harpe tous ses compagnons endormis sur les dépouilles des ours et des loups ; ils s'élançaient comme les lions du fond de leur repaire ; et, pleins d'un noble enthousiasme, ils allaient rivaliser de courage. Illustre

Éric ! ô toi, le plus vaillant des fils d'Odin, où repose ton ombre magnanime ? Admis au palais de Valhala, tu savoures l'hydromel dans le crâne des vaincus ; ou peut-être tu habites encore le rivage désert d'où ton monument défie les vagues écumeuses ! En quelque lieu que tu sois, ils te sont connus, sans doute, nos travaux, nos combats, nos trophées et nos malheurs ! Il dit, et Gunnar obéit aussitôt.

VI.

Du fils d'Inguar quand vint le dernier jour,

Des flots de sang inondèrent la plage ;

On entendit l'orfraie et le vautour

Se réjouir sur leur roche sauvage ;

Il a péri de la mort des héros !

Il revivra dans l'hymne de la guerre.

« Paix au guerrierrhabitant des tombeaux,

« Le fils d'Inguar fut digne de son père !

CHANT TROISI ÈME. 23

Près de Qremsay, dont les flots écumeux

En mugissant rencontrent le rivage,

Quel noir fantôme apparaît à nos yeux,

Mêlant sa voix à celle de l'orage ?

Dans leurs terreurs les palles matelots

Ont répété le chant des funérailles :

« Honneur, honneur à l'enfant des batailles,

« Paix au guerrier habitant des tombeaux. »

Qui trouble donc ta cendre solitaire ?

A-t-on ravi ta lance ou ton cimier ?

Illustre Eric, une main téméraire

A-t-elle osé toucher ton bouclier ?

Sur le tombeau je vois encor tes armes,

Dors du sommeil que goûtent les héros ;

Du voyageur fais cesser les alarmes

« Paix au guerrier habitant des tombeaux. »

Éric répond : « De quels cris de victoire

Mon monument a soudain retenti ?

D'un fils d'Odin ils célèbrent la gloire,

Le nom d'Harold………. »

VII.

— Arrête, dit le chevalier ; le noble scalde célébrait la valeur de nos pères, mais il n'entreprit jamais de faire entendre au héros le chant de ses propres exploits. Dans le banquet d'Odin, une place d'honneur est destinée au barde qui ne s'est jamais avili jusqu'à flatter mais une plus grande gloire encore sera le prix de celui qui ose dire des vérités peu agréables.

Le jeune Gunnar regarda son maître avec un sourire qui exprimait ses doutes, et ne répondit rien. Mais Harold devina aisément sa pensée. — Est-ce bien avec moi, dit-il, timide écuyer, que tu n'oses te livrer à la franchise ? Ta censure n'affecte pas plus mon cœur que l'hiver n'enlève au laurier ses feuilles toujours vertes. Parle quand tu voudras ; mais toutefois prends bien garde au caprice de ma sombre humeur. Il serait cruel pour moi de faire tomber l'orage de ma colère sur le jeune page qui a si longtemps porté mon bouclier, et qui n'a jamais cessé, malgré sa faiblesse, d'être le serviteur fidèle d'Harold.

24 HAROLD L'INDOMPTABLE.

— Eh bien, dit le page, c'est à cette terrible colère que mon reproche s'adressera. Il semble souvent qu'un démon s'empare soudain de mon seigneur un seul mot mal interprété lui fait porter la main sur sa lance et sa massue, et l'entraîne dans d'innombrables périls... Plût aux dieux que Gunnar fût la dernière victime immolée à ce mauvais génie, et qu'une fois rassasié de mon sang, il cessât de te poursuivre !

VIII.

Le chevalier du Nord fit un geste d'impatience, et répondit à Gunnar ; — Cesse d'outrager une race de héros qu'il ne t'appartient pas de juger... Tels sont les descendans d'Odin, quand la fureur divine du farouche Bersekan leur inspire des exploits au-dessus du courage des mortels. Aussitôt que le guerrier sent cette irrésistible influence, il traverse les lacs et franchit les remparts ; sans bouclier, sans cuirasse, il se précipite seul sur mille ennemis, brise leurs lances comme de simples roseaux, déchire leurs cottes-de-mailles comme les vétemens de soie d'une jeune fille, et survit à toutes les blessures dont il est criblé. Les vautours accourent à ses cris de carnage et de victoire ; son épée semble altérée de sang ; et tout de qui s'oppose à sa marche est livré aux flammes ou aux ruines. Alors, tel qu'un lion rassasié, il cherche une caverne solitaire, et il s'endort jusqu'à ce qu'il redevienne homme... Tu sais à quels signes reconnaître l'approche de ce délire furieux... Pense alors à ta sûreté, et garde le silence. Mais quand tu me vois calme tu peux dire hardiment tout ce qu'un chevalier doit écouter ; Je t'aime, Gunnar ; tes chants ont la vertu de ramener la paix dans mon âme. C'est ainsi, prétendent les moines chrétiens, que les démons étaient chassés autrefois. N'aie donc aucune crainte ; tu peux franchement m'expliquer ta pensée.

IX.

Semblable au pilote prudent qui, se voyant engagé dansun détroit inconnu, sonde les bas fonds avant de

CHANT TROISIÈME. 25

poursuivre sa route, le page observe attentivement le regard de son maître, et s'arrête par intervalles pour tirer de sa harpe une mélodie capable de charmer ce cœur facile à s'irriter, pendant que sa romance ne révèle qu'à demi l'avis secret qu'il voudrait lui donner.

Malheur à la nacelle errante,

Jouet de l'onde et des autans,

Quand le démon des ouragans

Élève sa voix menaçante !

Mais, mille fois malheur aux matelots

Qu'un traître guide sur les flots L

Dans les sables de la Syrie,

Malheur au pèlerin pieux,

Qui, trouvant la source tarie,

Implore vainement les cieux ;

Malheur surtout si le Copte perfide

Dans le Désert lui sert de guide.

Malheur encore au chevalier

Qui dans le combat perd sa lance ;

Malheur à lui si son coursier

S'abat, et trahit sa vaillance.

Malheur surtout, oui, mille fois malheur,

S'il écoute un sexe trompeur.

X.

— Oses-tu donc, dit Harold, accuser la belle Metelill ? — Je dois l'avouer, elle est belle, reprit le page en laissant errer sa main sur les cordes de sa harpe ; elle est belle. Cependant, ajouta-t-il en changeant d'air et de rhythme :

Je dois l'avouer, elle est belle !

Mais, malgré l'éclat de ses yeux

Et l'ébène de ses cheveux,

Il en est de plus belles qu'elle ?

Ah ? si j'étais au rang des chevaliers !

(Ce titre un jour me sera dû, j'espère)

Gunnar aux pieds d'une amante étrangère

N'irait jamais déposer ses lauriers.

J'aime du Nord la terre antique,

Ses chênes des ans respectés,

26 HAROLD L'INDOMPTAB LE.

Et ses rochers où la Baltique

Voit mourir ses flots révoltés.

Au dieu du jour notre patrie est chère,

Quand vient le soir il ralentit ses pas ;

Et laisse aux mers ses traces de lumière

Pour consoler les nuits de nos climats.

Mais la fille de la Norwège

A surtout des droits sur mon cœur ;

De nos monts couronnés de neige

Son sein égale la blancheur ;

Du pin altier sa taille a l'élégance,

Le voile d'or que forment ses cheveux

Rend plus brillant l'azur de ses beaux yeux.

ramais son cœur ne connut l'inconstance.

De nos chasseurs les jeux guerriers

Ont aussi pour elle des charmes ;

C'est sa main qui donne les armes,

Et qui prépare les lauriers.

Quand le héros a conquis la victoire,

Avec amour elle lui tend les bras,

Ou sans regret partage son trépas !...

Fille du Nord, tu fais aimer la gloire !

XI.

— Gunnar, dit le chevalier en souriant, tu peins sous de si nobles traits les vierges du Nord, que j'ai presque regret de n'avoir pas choisi pour la dame de mes pensées une beauté aux yeux bleus, à la chevelure d'or et à l'âme altière... Mais de quoi peux-tu accuser Metelill ?

— Je ne peux lui reprocher, reprit Gunnar, que l'ignoble métier de son père... Le bruit public donne aussi à Jutta une réputation peu honorable, et ses yeux trahissent la bassesse de son âme. Deux fois vous avez visité cette chaumière maudite, et deux fois vous en êtes revenu avec ce délire furieux qui vous fait exposer votre vie dans des exploits désespérés.

(1) On sait que la durée du joua est d'autant plus longue sur chaque hémisphère boréal et austral, à mesure que le soleil se rapproche davantage des tropiques du cancer ou de celui du capricorne. Les jours solsticiaux embrassent alors les vingtquatre heures au pôle vers lequel le soleil s'est avancé. — Én.

CHANT QUATRIÈME . 27

XII.

— Tu es dans l'erreur, dit Harold ; Jutta m'a répondu sagement que, lorsqu'un chevalier veut courtiser une jeune fille, il doit, avant de conclure son hymen, acquérir des terres et un château pour sa fiancée... J'ai donc réclamé l'héritage de mon père. — Voilà bien, s'écria Gunnar, la ruse de Jutta ! Elle veut que vous, Danois et païen, vous alliez réclamer des terres aux moines de Durham, qui n'ont pas oublié que leurs vassaux furent jadis égorgés par Harold dans leurs propres foyers.

L'œil d'Harold s'enflamme à ces mots : il répond d'une voix de tonnerre ; — Tu en as menti, page téméraire ; le château que je réclame m'appartient ; il fut bâti par Witildnd sur les rives de la Tyne. Le chat sauvage défend sa tannière, le timide roitelet combat pour son nid ; et moi je renoncerais à mes droits, que me disputent des moines ! Partons ; le son de cette cloche annonce le chapitre tenu par l'évêque. J'y paraîtrai, selon les avis de Jutta, pour exposer ma demande ; s'ils persistent à me refuser, malheur à l'Église et au couvent !

Lecteur, rendons-nous aussi au chapitre.

7) CHANT QUATRIÈME. 8) I.

Maint poète a célébré le silence solennel des nefs gothiques, les autels couronnés d'un dais, les riches sculptures des tombeaux, et tous les ornemens pompeux des antiques églises, gages de la pitié des fidèles, aujourd'hui bien refroidie. Mais les légendes nous apprennent que la luxure osa souvent s'introduire dans les saints asiles du cloître, comme on avait vu jadis le prêtre de Baal pénétrer dans le temple du vrai Dieu.

Je suis charmé toutefois que lorsqu'il plut à nos voisins barbares de venir, sans y être appelés, purifier nos contr ées des haillons de Rome, ils n'aient point prononcé sur nos temples la malédiction que leur fanatisme fit tomber sur les leurs. Je leur sais gré d'avoir épargné les saints martyrs et leurs tombeaux, quoiqu'ils fussent consacrés par des miracles catholiques ; et que les voûtes retentissent encore du son mélodieux des orgues.

N'allez pas croire, lecteur ; si je peins ici un prélat ambitieux et avare que tous ceux qui ont porté la mitre de notre saint Guthbert ressemblaient à l'évêque Aldingar. Dans les temps modernes comme dans les temps les plus reculés, cette mitre couronna le front de plus d'un digne serviteur du ciel, dont les vertus pouvaient bien faire oublier les crimes de leurs prédécesseurs. Je nommerai Morton et Matthews. Honneur aussi au respectable Barrington 1.

II.

Mais la muse m'ordonne de revenir à mon sujet, et de décrire le chapitre du couvent, l'ordre et la symétrie qui présidaient à l'arrangement des livres et des saintes reliques. D'énormes volumes fermés par des agrafes de cuivre, et que la main du prêtre studieux parcourait rarement, étaient déployés sur un pupitre richement sculpté pour figurer dans cette cérémonie solennelle. Au-dessus de la tête des moines, les voûtes et les arceaux des nefs offraient maint écusson orné d'élégantes devises, Aldingar était venu s'asseoir, en grande pompe, sur un siège surmonté d'un dais : jamais prélat plus hautain n'avait porté la crosse de saint Cuthbert. Les chanoines et les diacres avaient pris leurs places au-dessous de lui, chacun selon son rang ; tous gardaient un profond silence, et restaient immobiles comme des statues dans leur stalle de chêne. Leur regard sévère témoignait seul qu'ils n'étaient pas des images de marbre.

III.

Le prélat se préparait à prendre la parole, chaque pieux personnage inclina sa tête sur son sein ; mais, avant

(1) Évêque actuel de Durham. — Én.

CHANT QUATRIÈM E. 29

que sa voix fût entendue, il s'éleva au dehors un tumulte qui exprimait l'étonnement et la crainte ; tels sont les cris que pousse la foule rassemblée dans les rues, lorsqu'un incendie qui vient d'éclater excite à la fois sa curiosité et sa terreur. Ce bruit durait encore ; un bras puissant ébranle sur ses gonds l'énorme porte de l'église ; elle cède à ses efforts, les deux battans s'ouvrent, et les moines ont à peine le temps d'appeler à leur aide un ange ou un saint, que déjà Harold l'indomptable est au milieu du chœur de l'église.

IV.

— Voici le fils du vieux Witikind, le comte Harold, s'écrie-t-il ; craignez sa fureur, auguste prélat, et vous, chanoines en chaperon : Harold réclame les terres que conquirent ses ancêtres !

L'évêque promène autour de lui des regards troublés ; il voudrait prononcer un refus, et n'ose le faire ; il n'est pas de chanoine ni de diacre, cependant, qui ne consentit volontiers à jeûner une semaine pour se trouver en sûreté chez lui. Enfin, Aldingar reprend courage et répond avec fierté : — Tu demandes ce que tu ne peux obtenir : l'Église n'a point de fief à confier à un Danois privé du baptême. Ton père fut chrétien, et il a sagement consacré tous ses trésors à faire dire des prières pour le repos de son âme. Les fiefs qu'il avait reçus de l'Église sont redevenus la propriété de l'Église ; elle les a donnés à Anthony Conyers et à Albéric Vère, qui portent la bannière sacrée de saint Cuthbert lorsque les guerriers du Nord viennent piller les rives du Wear cesse donc de troubler notre chapitre par des reproches ou des outrages, et, retourne en paix comme tu es venu.

V.

Le farouche païen le regarde avec un amer sourire : — Conyers et Vère, dit-il, sont dispensés de remplir ce pieux devoir ; un espace de six pieds dans votre chœur, un bouclier de pierre, une cuirasse de plomb, voila tout ce

qu'ils réclament... Gunnar, apporte-moi les preuves de ce que j'avance. — Il dit, et jette sur l'autel une main et une tête récemment séparées du tronc dont elles firent partie : les diacres et les moines frissonnent de terreur. Ils reconnaissent les traits glacés et les cheveux gris de Conyers, et la main de sir Albéric Vère à une ancienne cicatrice. Tout le chapitre pâlit à ce spectacle, et balbutie tout bas une prière.

VI.

Le comte Harold sourit de leur épouvante. — Est-ce bien là, leur demanda-t-il, est-ce bien là cette main qui devait porter votre bannière ? est-ce bien là cette tête qui devait se parer du casque dans les combats et défendre l'Église ? Sont-ce là les deux héritiers d'Harold ? Trouvez-moi, dans les vallées de la Tyne et du Wear, un chevalier capable de manier cette lourde massue ; sinon, rendez-moi mes fiefs, et je ne croirai pas vos têtes dépourvues entièrement de sagesse. — Il relève cette massue ensanglantée, la fait tourner avec un aigre sifflement que répète l'écho des voûtes ; et, la laissant tomber sur le monument du roi Ostie, il le brise comme un fragile cristal. — Que dites-vous, s'écrie-t-il, de ce sifflement de ma massue ? Croyez-vous qu'on puisse aisément dépouiller de ses terres le guerrier qui porte une telle arme ?... Répondez... Mais je veux bien vous laisser le temps de délibérer. Que saint Cuthbert vous inspire, si saint Cuthbert est un saint. Je fais dix pas dans le presbytère, et je reviens au milieu de vous. Graves personnages, adieu.

VII.

Il s'éloigne ; et le bruit retentissant de ses pas expire sous les voûtes. A peine cette espèce de fantôme a-t-il disparu, que le prélat relève sa tête penchée sur son sein, et ses yeux expriment l'effroi que causerait une apparition. — Ministres de saint Cuthbert, dit-il, aidez-moi de vos conseils ; jamais évêque n'en eut plus besoin que moi. Si le prince des démons revêtait la forme hu-

maine, il choisirait ces traits, ce regard et ce sourire amer. Pourrait-on jamais trouver dans les domaines de saint Cuthbert un chevalier qui osât combattre pour notre cause ce mauvais génie ? Apprenez-moi donc quelle réponse je dois faire ! C'est un crime d'accorder ce qu'il demande ; il y va de la vie si nous refusons.

VIII.

Vinsauf, le père chargé du cellier, s'était déjà, de bon matin, versé une coupe de malvoisie. Voici comment il opina : — Attendons jusqu'à demain pour donner la réponse du chapitre. Invitons Harold à un banquet, que le vin y coule à grands flots ; s'il est homme, il boit ; s'il boit, il est à nous. Des bracelets de fer orneront ses bras... Son lit sera dressé dans une de nos tours.

Ce saint moine avait un visage riant... O mes amis, ne vous fiez pas toujours à ces visages-là ! Vinsauf vidait volontiers une coupe remplie de vin ; il aimait la bonne chère et la gaieté... Jamais poète n'estima autant que moi un quartier de venaison et le jus brillant de la grappe ; mais, plutôt que de m'asseoir à table à côté de Vinsauf, quand le gibier viendrait de Bearpark, et le nectar de Bordeaux, je préférerais une galette et un verre d'eau de la Tyne, dans la cellule obscure d'un ermite.

IX.

Walwayn prit ensuite la parole. Savant dans l'art d'Esculape, il connaissait toutes les plantes que le soleil et la rosée font épanouir, mais surtout celles dont le suc a une fatale influence sur le sang et le cerveau. Le villageois qui le voyait, au clair de la lune, cueillant des simples sur le bord des ruisseaux, l'eût pris volontiers, à sa taille maigre et à sa marche mystérieuse ; pour un habitant de la tombe.

— Winsauf, dit-il, ton vin n'est pas sans vertu, nos chaînes sont pesantes, nos tours sont fortes : mais trois gouttes de ce flacon valent encore mieux que les cachots, les chaîne et le vin. Elles feront descendre Harold sous

32 HAROLD L'INDOMPTA BLE.

terre, dans une prison plus sombre, plus étroite et plus profonde ! Que le fils de Witikind nous débarrasse de sa présence ; qu'il reçoive la mort d'un dogue enragé, et le tombeau d'un païen.

J'ai été condamné par la fièvre à rester étendu dans mon lit. Je passais des heures à épier les pas du médecin, comme si sa présence seule devait calmer mes douleurs ; j'écoutais ses paroles de consolation comme des oracles célestes. Je voyais enfin avec joie arriver le jour où je recevrais ses adieux, et je bénissais ce dieu sauveur. Mais plutôt que de laisser approcher de mon lit un homme tel que Walwayn, je préférerais mourir sans le secours de l'art d'Épidaure.

X.

— Ce que vous proposez, dit le prélat indécis, l'Église peut le pardonner à la ferveur du zèle, et garder prudemment le silence. Mais de tels moyens ne peuvent être approuvés d'avance... Anselme de Jarrow, donnez-nous maintenant votre avis ; le sceau de la sagesse est gravé sur votre front. Toute une vie passée dans le cloitre, et votre science mystique, nous inspireront sans doute un expédient salutaire. Anselme de Jarrow, vous êtes ma seule espérance. Le pape lui-même pourrait vous consulter comme moi.

XI.

Le prieur répondit : — Ce fut toujours un parti sage de faire attendre ce qu'on n'ose pas refuser. Avant que le comte Harold puisse faire valoir ses prétentions par la force, trouvons-lui des périls dignes de son courage ; voyons si ce géant audacieux hasardera ses pas dans le séjour des ténèbres, du danger et de la terreur. Il ne voudra pas sans doute réclamer contre notre arrêt ; nous n'exigerons de lui que des épreuves de chevalier. Le fameux Guy et sir Bevis-le-Fort sortiraient de la tombe, que nos domaines pourraient leur fournir de longues aventures. Le château des Sept-Boucliers...

CHANT QUATRIÈME . 33

Le père Anselme se tait... Le fils de Witikind a déjà mis le pied sur le seuil de la porte. On l'attend dans le plus grand silence ; il se présente couvert de sa peau d'ours, et sa massue sur l'épaule. L'écume était sur ses lèvres, ses yeux étaient étincelans ; car l'impatience avait allumé sa fureur. — Prélat, dit-il, m'accorderas-tu enfin ma demande ? ou faudra-t-il que j'obtienne justice par le fer et la flamme ?

XII.

— Intrépide Harold, répondit l'évêque, nous ne pouvons délibérer sur vos prétentions que lorsque nous aurons reçu des preuves de votre valeur... Ce n'est pas que nous en doutions ; mais telle est la loi.

— Crois-tu donc, reprit Harold, que le petit-fils d'Éric consentirait à être le jouet de ton troupeau de moines ? Parle, que faut-il faire ?... Veux-tu que je saisisse d'un bras vigoureux le cercueil de plomb de saint Cuthbert, et que je le fasse voler dans le chœur comme une pierre lancée par la fronde ?

— Abstenez-vous d'une telle épreuve, dit le moine du cellier ; vous apprendrez de la bouche de nos ménestrels ce qu'on exige de vous ; vous l'apprendrez dans un banquet, pendant que nous vous verserons le vin dans une coupe d'or ; et vous conviendrez, vaillant Harold, que le prélat et son clergé vous offrent des exploits dignes de vous. —

XIII.

Les convives sont dans la salle du festin ; le joyeux bruit des verres charme l'oreille. Mais Harold écoute surtout le ménestrel Hugues Meneville. Son âme impétueuse fut toujours facilement domptée par les accords de l'harmonie ; il fixait ses grands yeux noirs sur la harpe du barde, et oubliait souvent d'approcher la coupe de ses lèvres, tant l'histoire des enchantemens avait d'attraits pour lui. Aussi le prélat était-il tenté de reprocher à Vinsauf d'avoir inutilement ravagé son céllier.

2.

HAROLD L'INDOMPTABLE.

XIV. LE CHATEAU DES SEPT BOUCLIERS. BALLADE.

Le druide Urien avait sept filles. Initiées dans les secrets de la magie, elles avaient le pouvoir de faire descendre la lune du ciel. La renommée parla tant de leurs appas, que sept princes puissans vinrent briguer l'honneur d'être leurs époux.

Les rois Mador et Rhys vinrent de Powis et du pays de Galles ; leurs cheveux étaient en désordre, et leur aspect repoussant. Ewain le boiteux arriva deStrath-Clwyde, et Donald, à la barbe rousse, de la ville de Galloway.

Lot, roi de Lodon, était né le dos voûté ; Dunmail de Cumbrie n'avait jamais eu de dents. Mais Adolphe de Bambrough, prince du Northumberland, était aimable, brave, jeune et bien fait.

La jalousie divisa les sœurs, car chacune d'elles eût préféré le brave et beau prince Adolphe. La jalousie fit naître la haine. Elles allaient se déchirer entre elles, lorsque la terre s'ouvrit, et le roi des enfers parut.

Il promit aux filles du druide de les contenter toutes. Elles jurèrent à l'ennemi des hommes de lui obéir aveuglément. Il leur remit à chacune une quenouille et un fuseau.

— Ecoutez-moi, dit ensuite l'ange proscrit :

— Vous filerez avec ces fuseaux à l'heure de minuit, et sept tours s'élèveront soudain. C'est là que le prodige s'accomplira ; c'est là que triomphera le mal, et que vous habiterez avec celui que chacune de vous préfère.

Elles allèrent s'asseoir dans le vallon éclairé par la lune. Les chants qu'elles firent entendre ne peuvent se répéter. Elles se blessèrent le sein, et la laine noire qu'elles filaient fut imbibée de leur sang.

Pendant que les fuseaux tournaient légèrement dans leurs mains, le château s'élève comme un songe ; les sept tours sortent de la terre comme une vapeur ; sept ponts-levis es défendent, sept fossés les entourent.

CHANT QUATRIÈME. 35

Ce fut dans ce terrible château que les sept monarques célébrèrent leurs noces, mais six d'entre eux sont égorgés le lendemain matin. Les sept vierges, les yeux enflammés et tenant encore à la main leurs poiginards sanglans, entourent la couche d'Adolphe.

— Nous venons d'immoler six époux couronnés ! lui disent-elles ; te voilà maître des six royaumes. Partage ton cœur entre sept fiancées, ou la couche du septième sera ensanglantée comme celle des autres.

Heureusement que, la veille de son hymen, le prince Adolphe avait reçu la bénédiction d'un pieux confesseur ; il s'élance de son lit, et saisissant son épée, il immole les sept filles du druide Urien.

Il ferme le château, et à chaque porte il suspend une couronne et un bouclier. Il dirige ensuite ses pas vers le cloître de Saint-Dunstan, et y termine ses jours sous le cilice d'un saint anachorète.

Les trésors des sept monarques sont déposés dans ce château, les démons les gardent et en défendent l'approche : quiconque osera y pénétrer depuis l'heure du couvre-feu jusqu'à celle de matines, se rendra maître de ces précieuses richesses.

Mais à mesure que le monde vieillit, les hommes dégénèrent. Il n'est pas dans la Grande-Bretagne un chevalier assez hardi, assez courageux et assez prudent pour tenter cette périlleuse aventure.

Les sommets de Cheviot s'inclineront comme l'épi flexible, avant que les guerriers d'Albyn abandonnent le Northumberland ; et les durs rochers de Bambro se fondront au soleil, avant que ces trésors soient conquis.

XV.

— Et c'est là l'épreuve à laquelle on met mon audace ? s'écria le farouche Harold. Il faut aller dormir dans une de ces couches solitaires ! Successeur de saint Cuthbert, je vous dis bonsoir : demain le château des sept boucliers recevra le comte Harold.

36 HAROLD L'INDOMPTABLE.

CHANT CINQUIÈME.

I.

Le sage courtisan du jeune prince danois ; qui consentait à voir avec son maître une baleine dans un nuage, soutenait une vérité sans le savoir, car l'imagination brode le voile de la nature. Les couleurs nuancées d'une soirée d'orage, celle d'une aurore pâle, la sombre vapeur qui recèle la foudre ou la neige argentée, ne sont que le canevas sur lequel l'imagination prodigue ses riches details, et, mêlant avec son pinceau bizarre ce qui existe avec ce qui n'est qu'illusion, crée un tableau dont l'aspect enchante nos yeux abusés.

Les objets informes que nous offrent la terre et les montagnes sont encore du domaine de la magicienne ; car elle ne compose pas seulement ses tableaux avec les couleurs aériennes qu'elle trouve sur la surface des mers et dans l'espace des cieux, ses châteaux enchantés s'élèvent aussi sur la terre, que son char ne dédaigne pas de parcourir.

II.

Harold suivait un sentier stérile, pressé d'aller tenter l'aventure »dés sept boucliers. Gunnar, le page fidèle, accompagnait son maître, dont il n'abandonnait jamais le côté. Ils rencontrent sur leur passage un fragment de granit qui s'était détaché d'une roche voisine. Un jeune bouleau inclinait son feuillage sous cette masse aride, et ses racines s'étaient entrelacées sous ses débris et dans ses fentes.

Cet arbre et ce rocher occupèrent long-temps la pensée de Gunnar, jusqu'à ce qu'une larme vint mouiller ses joues, et le page timide s'adressant à son maître, lui dit : — Quel est l'emblème qu'un barde croirait voir dans ce dur granit et sa verte guirlande ? — On pourrait, répondit Harold, trouver dans ce granit l'image du casque d'un vaillant guerrier tué dans la bataille, et ces rameaux qui

CHANT CINQUIÈME 37

l'ombragent seraient le panache qu'il reçut de celle qui avait touché son cœur. — Non, non ; reprit le page : je vois plutôt l'emblème des malheureuses amours d'une jeune fille qui unit sa destinée à celle d'un héros dont le cœur ignore le pouvoir de l'amour. La douce pluie du ciel nourrit seule ces rameaux inclinés ; les carreaux brûlans de la foudre briseront à la fois l'arbre et le rocher : de même, celle qui aime sans être aimée, n'a d'autre consolation que ses larmes... d'autre refuge que la mort.

III.

— Je ne puis expliquer ton humeur capricieuse, dit Harold ; tu fuis les jeunes beautés, et tu parles toujours d'amour. Au milieu des périls de la guerre, tu te tiens à l'écart ; et cependant tu es condamné, par ta mauvaise étoile, à errer avec un chevalier dont tous les plaisirs sont dans les champs du carnage. Je l'avouerai toutefois, malgré ta faiblesse et ta timidité, tu as su trouver le chemin de mon cœur, et nous ne nous séparerons jamais. Harold livrerait tout l'univers aux flammes, plutôt que de souffrir que le moindre outrage fût fait à Gunnar.

IV.

Le page reconnaissant ne répondit rien ; mais il leva les yeux vers le ciel et croisa les mains, comme pour dire : —

Mes fatigues, mes longs voyages sont assez payés ! Et puis affectant plus de gaieté, il se hasarda peu à peu à s'entretenir de nouveau avec son maître : bientôt les mots sortirent de sa bouche en sons cadencés, et il chanta ces vers harmonieux :

V.

Ah ! si dans les champs du carnage

Je n'ose suivre Harold vainqueur,

Qui peut contempler ta valeur

Avec plus d'orgueil que ton page ?

Aux lambris d'or, à la couche d'un roi,

Gunnar préfère un humble asile

Sur ta peau d'ours Gunnar s'endort tranquille,

Pourvu qu'il dorme auprès de toi.

38 HAROLD L'INDOMPTAB LE.

VI.

— Silence dit tout-à-coup Harold avec un accent qui marquait la surprise mêlée d'une légère crainte ; silence ; nous ne sommes pas seuls ici le fantôme du pèlerin s'approche ; je reconnais à son capuchon et à son manteau celui qui m'a déjà d'eux fois apparu pour me faire entendre de téméraires reproches. Observe-le attentivement, Gunnar, auprès de cet arbre brûlé par l'orage… Regarde… Tu ne pus le voir lorsqu'il se montra à mes yeux dans la vallée du Jourdain, ni sur les rochers de Céphalonie où sa présence fut suivie d'un si terrible orage ; aujourd'hui, le vois-tu ? —

Le page, troublé par la terreur, répondit : — Je ne vois rien, si ce n'est l'ombre que projettent sur le sentier les rameaux desséchés du chêne, dont elle suit les mouvemens, semblable à la robe flottante d'un pèlerin.

VII.

Harold contemplait le chêne sans détourner un seul instant les yeux ; il s'ééria enfin avec assurance : — Advienne ce qu'il pourra, fantôme menaçant, ni le ciel ni l'enfer ne pourront dire qu'Harold se soit laissé intimider par leurs ombres. Je lui parlerai ; quoique ces accens me causent ce frémissement que les âmes vulgaires appellent la crainte, je saurai la braver. Harold s'avance à grands pas, s'arrête sous l'ombre du chêne, et croisant ses bras sur son cœur, il dit : — Parle, je t'écoute.

VIII.

Une voix fit entendre ces paroles : — Chevalier farouche et indomptable dans tes fureurs, quand connaitras-tu donc le repentir ? Jusques à quand le bruit de tes pas troublera-t-il le sommeil des morts ?... Oui, chacun de tes pas réveille l'habitant de la tombe et fait pousser des cris de triomphe aux démons du carnage et de la vengeance. Il est temps que tu te tournes vers le ciel. La vie est courte, et l'heure du jugement n'est pas éloignée.

IX.

Le descendant d'Odin répondit, flottant entre son or
CHANT CINQUIÈME. 39

gueil et sa terreur : — C'est vainement que tu reprocherais au loup le carnage des troupeaux, et aux rochers leur cœur endurci... Je leur ressemble. Le sang que m'ont transmis mes pères circule dans mes veines en torrent de feu : dis-moi si dans le séjour des Gholes 1 et des fantômes on a oublié la renommée d'Eric, et celle de Witikind, surnommé le dévastateur, dont les vaisseaux n'abordaient jamais un rivage que pour y porter l'incendie et la mort. Witikind était mon père... Fils d'un tel guerrier, puis-je ne pas être aussi cruel que lui !... Fuis donc, et cesse de m'adresser de vains reproches : je suis le fils de Witikind.

X.

Le fantôme gémit,... la montagne fut ébranlée, le faon et le daim timides tressaillirent à ce triste son ; le genêt et la fougère furent agités par une ondulation soudaine comme si un orage s'était élevé. — Tu as dit vrai, ajouta le fantôme ; mais cesse de répéter que ce père coupable signala par le sang toutes les traces de ses pas depuis le berceau jusqu'à la tombe. Il livra aux flammes les temples et les cités, et parcourut la terre comme le tison ardent de l'ange des ruines... Mais enfin il connut le remords. Peut-être même son exemple, si bien imité par sa postérité, fait-il partie de son châtiment... Mais toi, lorsque tu entendras gronder l'orage de ta colère, prépare-toi à te dompter toi-même ; réveille-toi, ô mon fils ; si tu ne résistes pas à la voix de la haine, la porte du repentir te sera fermée à jamais.

XI.

— Il s'est évanoui, dit Harold qui ne voit plus que l'ombre du chêne ; il a disparu, le fantôme ! sa présence était pour moi un poids aussi accablant que celui dont le spectre de la nuit oppresse le malheureux dont un songe de terreur trouble le sommeil. Les battemens de mon cœur sont aussi rapides que les pas du fugitif, et une froide sueur inonde mon front... O Gunnar ! prête-moi ce flacon que nous a remis le moine en nous disant que trois gouttes de la

(1) Vampires de la mythologie scandinave. — Én.

liqueur qu'il contient suffisaient pour rendre la vie au guerrier expirant ; pour la première fois Harold aura demandé le suc d'une fleur afin de ranimer ses forces et son courage ! — Le page lui donna le flacon que Walwayn avait rempli d'un poison inventé par son art. L'effet en était si fatal, qu'une goutte produisait le délire, et deux gouttes la mort. Harold allait l'approcher de ses lèvres, lorsqu'une musique et des clameurs joyeuses retentirent sur le coteau ; il aperçoit dans le vallon la pompe d'un hyménée, et il entend répéter plusieurs fois : — Heureuse soit la belle Metelill !

XII.

Harold pouvait reconnaître du lieu où il était tous ceux qu'animaient le plaisir et les sons de l'harmonie. Les uns accompagnaient à cheval les deux époux, et les autres, à pied, mesuraient tous leurs pas par la douce cadence de la musique nuptiale. Tous répétaient en chœur les refrains des chants du bonheur, et les échos semblaient se plaire à y mêler aussi la sauvage harmonie qu'on entend dans les cavernes souterraines et les vallées profondes.

XIII.

A travers la joie qui enivre tous ceux qui font partie de cette fête, on peut remarquer les différentes passions qui les agitent : de même que le feu élémentaire se nourrit également d'une pure essence et des ronces sauvages, — douce ou impétueuse, la joie adopte la couleur de l'âme. Aimable, pure et franche dans le généreux fiancé, elle avait à combattre la crainte dans la jeune vierge ; mais elle brillait à travers la larme de la pudeur, qui embellit les joues de la beauté timide comme une goutte de pluie ajoute encore un charme de plus à la rose. Le sombre sourire de Wulfstane exprimait la satisfaction de son avarice ; on lisait, dans les yeux de Jutta, le triomphe de la vengeance et de la méchanceté.

La sorcière n'ignorant pas la dangereuse aventure où courait Harold, le regardait déjà comme descend u dans

CHANT CINQUIÈME. 41

le séjour des morts ; son démon lui avait dit ce matin : — Si avant le coucher du soleil l'hymen a uni William et Metelill, le terrible Danois ne pourra plus nuire aux jeunes époux. La vieille disait donc : — Harold n'est plus : que son âme ne goûte qu'un repos troublé ! que la mandragore et l'ivraie prennent racine dans sa tombe ; que les songes du désespoir le poursuivent dans le sommeil de la mort, et que son réveil soit plus horrible encore au dernier jour du monde !

XIV.

Mais c'est lorsque la joie est le plus vive, que le chagrin et l'infortune ne sont pas loin, disent les sages. Défiez-vous alors de la terreur avec son frisson, et du danger perfide. On risque de les rencontrer partout et ils ressemblent aux serpens qui se cachent de préférence sous le gazon où fleurit la primevère. C'est ainsi que le cortège de ce joyeux hyménée trouva Harold sur son passage. Frémissant de fureur, le chevalier poussa un cri, qui fut comme l'arrêt de mort prononcé sur la tête de tous ceux qui s'avançaient sous les auspices du bonheur. Ses victimes ne peuvent voir l'éclair que jettent ses yeux, le mouvement convulsif de ses traits, et ses lèvres qui écument comme celles du sanglier harcelé par une meute ; mais chacun prend la fuite en voyant le fragment que son bras robuste vient d'arracher aux flancs du rocher, et dont il menace d'écraser ceux qui oseraient l'attendre.

XV.

Chacun fuit ; deux ennemis cependant se préparent au combat. Lord William, étranger à la peur, tire son épée ; Wulfstane tend son arc fatal ; mais, avant qu'il en eût lâché la corde, le quartier de roche vole dans l'air, comme s'il eût été Iancé par le feu de l'Hécla, et tombe sur le front du téméraire chasseur. Tout ce qui avait tout à l'heure en lui la forme humaine a cessé d'exister ; il ne reste de Wulfstane qu'un cadavre défiguré, à demi enseveli sous la pierre sanglante.

42 HAROLD L'INDOMPTABLE.

XVI.

Tel que l'aigle qui fond rapidement du ciel dans la plaine, Harold est déjà descendu de la colline. Comme on voit les faibles oiseaux qui gémissent, et fuient à la vue du tyran des airs, chacun se disperse à l'approche d'Harold ; le jeune époux l'attend seul de pied ferme, tel que le noble faucon qui ose se mesurer avec l'aigle étonné de sa témérité, La lourde massue du Danois a déjà brisé l'épée de William, qui tombe lui-même sur le sable. Dieu du ciel ! tu peux seul venir au secours de l'époux de Metelill, ou bientôt il aura cessé de vivre avant que la première heure de son hymen soit écoulée !

XVII.

La fureur d'Harold est à son comble ; l'éclair sinistre de la mort brille dans ses yeux ; il fronce ses épais sourcils ; il grince des dents, sa main se contracte, une blanche écume couvre ses lèvres, son terrible bras est prêt à frapper, lorsque le jeune Gunnar s'élance, arrête la massue homicide, et, se jetant aux genoux de son maître, s'écrie : Laisse-toi toucher par la pitié ! pense, Harold, aux paroles menaçantes prononcées par le fantôme ! L'heure qu'il a prédite est arrivée : grâce ! grâce ! Harold, ou crains le désespoir !…

Cette voix suspend la rage d'Harold... Cependant son bras demeure levé, et son visage ressemble à celui du ministre de la mort, qui attend le signal.

Le page ne cesse de l'implorer : — Fais le signe mystérieux de la croix, lui dit-il ; répète la prière des chrétiens ; résiste au démon qui veut s'emparer de toi, ou tu es perdu !

Harold, cédant à un sentiment qu'il ne peut définir, fait le signe de la croix... Au même instant, ses regards s'adoucissent, son front se déride et s'éclaircit ; la fatale massue retombe doucement à son côté ; il détourne ses pas et s'éloigne. Souvent encore, cependant, tel qu'un convive qui quitte la table du festin avant que le banquet soit terminé, il tourne la tête, comme s'il regrettait une

CHANT CINQUIÈME. 43

inutile victoire... Mais il a enfin donné une preuve de clémence : le fils de Witikind a fait un pas vers le ciel.

XVIII.

La mort demeure encore derrière lui, et frappe une dernière victime. Lord William est étendu sur la plaine ; près de lui, Metelill se désole, et semble près d'expirer. On accourt, on demande des essences ;... on trouve un riche flacon ; il contient sans doute un élixir secourable ; Jutta le veut goûter, avant de l'approcher des lèvres de ceux qu'elle aime. La liqueur de Walwayn n'a pas été donnée en vain. A peine la sorcière en a-t-elle versé trois gouttes dans son gosier, qu'elle pousse un cri lamentable qui réveille tous les oiseaux de sinistre présage. Le corbeau croasse, le choucas gémit sur le chêne, et la frésaie accourt du bois dans la vallée. Ce cri est si effrayant qu'il trouble jusqu'au sommeil du héron, et que le renard et le loup lui répondent (car des loups habitaient alors les hauteurs de Cheviot) ; les montagnes se renvoient la voix expirante de la sorcière. Mais le dernier écho ne l'avait pas encore répétée, que Jutta n'était déjà plus.

XIX.

Telle fut la scène de carnage qu'éclaira le jour de votre hyménée, noble William, naïve Metelill. On voit souvent, avec les premières lueurs de l'aurore, le soleil reposer sur la montagne son disque obscurci et entouré d'une nuée rougeâtre ; mais, bientôt parvenu au sommet de sa course, le roi du jour s'avance dans toute sa pompe…

C'est ainsi, jeunes époux, que l'amour vous fit bientôt oublier ce nuage menaçant, embellit votre âge mûr, et vous accorda des jours sereins pour votre vieillesse.

9) CHANT SIXIÈME. 10) I.

J'espère bien que mon histoire ne donnera l'envie à

44 HAROLD L'INDOMPTA BLE

aucun voyageur de venir en tilbury, en calèche ou en diligence, visiter le château des Sept-Boucliers. L'état dans lequel on le trouve aujourd'hui ne confirme guère la ballade de Hugues Meneville. On ne voit même plus sur la bruyère sauvage d'autres tours que celles que l'imagination y bâtit ; et excepté un fossé dont les bords entretiennent quelques touffes de gazon, il ne reste aucune ruine qui rappelle un ancien édifice.

Cependant de graves auteurs ont daigné consacrer leurs veilles précieuses à ce château. magique ; dans leurs savantes théories, ils ont voulu prouver que c'était une citadelle construite par des légions romaines pour arrêter les envahissemens des peuples de la Calédonie. Je pourrais citer Hutchinson, Horsley et Camden, mais j'aime mieux consulter les traditions moins savantes des habitans des campagnes, qui, lorsque l'origine des monumens se perd dans la nuit des siècles, les attribuent au dieu du mal, et choisissent volontiers l'ange de l'enfer pour leur grand architecte.

II.

Je dis donc que ce fut sur un château magique, que le fier comte Harold fixa ses regards surpris. La rosée du soir humectait les fleurs de la bruyère. Les derniers rayons du soleil couronnaient les montagnes comme d'une couche de feu, et doraient les créneaux des tours antiques avant de s'éteindre dans les ondes. L'intrépide paladin danois admire les sept boucliers. suspendus à chacune des portes, et les armoiries dont ils sont ornés.

Celui du prince de Galles portait un loup, et celui de Rhys de Powis un cerf. L'emblème du roi de Strath Clwyd était une barque échouée : On reconnaissait le bouclier de Donald de Galloway,à un. cheval au galop. Un épi d'or attestait la fertilité de la contrée d'ou le roi de Lodon était venu. Les armes de Dunmail étaient une dague. Enfin, l'écu d'Adolphe offrait un rocher battu par les flots et surmonté d'une croix.

CHANT SIXIÈME. 45

Telles étaient les différentes armoiries de ces antiques boucliers.

III.

Le comte Harold s'avança ensuite vers la porte massive du château, dont les verrous étaient usés par la rouille ; cependant aucun chevalier n'eût osé tenter de franchir ce passage devenu si facile. Plus forte que des bataillons armés, la terreur et l'épouvante en défendaient l'approche, et opposaient aux assaillans des obstacles plus insurmontables que les verrous et les barres de fer. La superstition y rassemblait des ennemis surnaturels, et y élevait des remparts magiques.

Mais aujourd'hui tous ses enchantemens sont inutiles, Harold renverse la porte d'un bras puissant, et pénètre dans le château. Le vent du soir ébranla soudain les trophées d'armes qui ornaient ces antiques murailles, et fit entendre comme un gémissement lugubre. Ce bruit, dans un semblable lieu, eût glacé d'effroi tout autre cœur que celui d'Harold. Mais le fils de Witikind n'éprouva que ce frémissement que cause aux héros l'approche désirée d'une aventure périlleuse.

IV.

Cependant le Danois et son page n'aperçoivent rien qui annonce la menace d'un danger prochain. Les cours et les corridors sont déserts et solitaires. Ils visitent les sept tours, et trouvent dans chacune d'elles l'appartement d'un roi, et une couche richement ornée, comme si c'eût été la veille que l'hymen des sept princesses avait été célébré ; les tables étaient encore servies avec pompe, et cependant deux siècles s'étaient écoulés depuis cette fête fatale. On y remarquait les flacons,la vaisselle et des coupes du plus précieux métal (un peu terni, il est vrai), un trône orné de drap d'or et d'un dais superbe ; enfin, l'antique tapisserie partagée en lambeaux aussi minces que le fragile tissu d'Arachné.

46 HAROLD L'INDOMPTABLE.

V.

Dans chaque appartement un rideau de pourpre, semblable à un crêpe funèbre, dérobait la vue de l'alcôve, et sur chaque lit étaient des ossemens hideux. A l'entour, on rencontrait des costumes barbares, des vestes brodées d'or, des colliers en pierres précieuses, et des diadèmes tels que ceux dont les anciens souverains ornaient leurs fronts ; mais les têtes blanchies de ceux qui les portaient jadis étaient couvertes de poussière comme leurs vaines couronnes.

C'étaient les dépouilles mortelles de ces mêmes princes qui, ivres de vin et de plaisir, s'étaient endormis, il y avait deux siècles, sur le sein de ces fiancées, dont la feinte pudeur fut changée en soif de sang avant le lever de l'aurore.

Le bonheur et le malheur sont tellement unis dans les fils fragiles de l'existence, que jusqu'à ce que les ciseaux du destin aient déchiré le tissu, on ne peut les séparer ni juger de l'heure qui va suivre, par l'heure qui a précédé.

VI.

Mais le septième appartement, qui avait été témoin de la vengeance d'Adolphe, offrait un spectacle encore plus horrible. C'était là que l'on trouvait les squelettes des sept magiciennes, encore dans la position où elles reçurent la mort. L'une avait été étendue d'un seul coup, on devinait aune autre avait long-temps lutté contre l'agonie. Là, une main tenait encore un poignard comme pour se défendre ; ici, une des sœurs semblait demander grâce sur ses genoux décharnés ; il y en avait une autre qui était tombée devant la porte, comme si elle eût été tuée en fuyant.

Le farouche chevalier sourit à l'aspect de ces cadavres, car il se souvint avec dépit de Metelill. — Juste vengeance, s'écria-t-il, de la perfidie des femmes, ces créatures aussi changeantes que l'air, aussi légères que la vapeur du matin ! Le mal est venu dans ce monde par la femme, disent les prêtres des chrétiens. Je défie ta science de

CHANT SIXIÈME. 47

ménestrel, ô Gunnar, de me citer l'exemple d'une seule femme sincère dans son amour, et qui n'ait jamais trahi sa foi.

VII.

Le page sourit et soupire en même temps.

Il essuie une larme qui était tombée sur sa joue, et dit : — Je craindrais de ne pas célébrer dignement un tel sujet, à moins que ce ne fût mon chant de mort ; car nos scaldes prétendent qu'à notre dernière heure la harpe du Nord a une harmonie céleste. Oui, je pourrais vanter l'amour d'une femme qui brava le danger, le mépris et le trépas. Sa fidélité fut inébranlable : elle avait la pureté du diamant. Son amour fut inconnu, et ne reçut pas le retour qu'il méritait ; mais sa constance sut supporter tout : errante de climat en climat, elle suivit un guerrier à travers les privations, les dangers et les malheurs.... Quelle récompense demanda-t-elle ? aucune... excepté une pierre funéraire qui fit enfin connaître son secret. Voilà de quoi une femme fut capable... Il est vrai qu'Eivir était une fille du Nord.

VIII.

Tu es bien enthousiasmé pour cette vierge danoise ? dit le comte Harold. Cependant, mon cher Gunnar, j'avouerai qu'elle était digne d'être aimée et admirée ! Mais Eivir dort dans son tombeau ; et où trouver aujourd'hui une amante comme elle ? Quelle femme aurait autant de constance pour celui qu'elle aimerait, que tu en as montré à ton maître ?... Mais couche-toi, mon page fidèle... L'ombre de la nuit devient plus sombre... Ne tremble pas parce que tu as des morts auprès de toi. Ils furent ce que nous sommes ; après quelques jours de vie nous serons comme eux. Cependant, Gunnar, repose-toi à mon côté sur mon manteau, afin de te rassurer en pensant que tu dors auprès d'Harold.

Ils dormirent dans ce fatal château jusqu'à ce que l'aurore vint les réveiller.

48 HAROLD L'INDOMP TABLE.

IX.

Le comte Harold parut, à son réveil, un homme différent de lui-même : ses yeux étaient troublés son front offrait les traces d'une surprise mêlée de terreur. — Lève-toi, mon page, s'écria-t-il ; sortons de ce lieu ! Il ne reprit la parole que lorsqu'ils eurent franchi la porte du château. Ce fut là qu'il s'arrêta, et qu'il dit à Gunnar : — Mes mœurs farouches ont réveillé les morts et troublé le saint repos de la tombe. Il m'a semblé, cette nuit, que j'étais sur le cratère sublime de l'Hécla, et que je pouvais parcourir des yeux les gouffres.enflammés de l'enfer. Auprès de moi passaient les âmes des morts, que les démons conduisaient dans ce fatal séjour avec d'affreux hurlemens. Mes yeux se sont troublés, ma tête s'est égarée en voyant ces ministres des éternels supplices entraîner ces malheureux qui avaient été naguère des hommes.

X.

— J'ai reconnu la sorcière Jutta à ses yeux hagards, à ses cheveux en désordre, et auprès d'elle Wulfstane, qui a péri ma victime, et qui était encore couvert de sanglantes meurtrissures. J'en aurais vu davantage, s'il ne s'était élevé un ouragan terrible qui a bouleversé les neiges. J'ai entendu le même bruit que produit un guerrier qui précipite le pas de son palefroi ; et trois chevaliers armés ont paru menant un coursier noir complètement enharnaché. Le feu étincelait à travers leurs visières baissées. Le premier a dit : — Harold l'indomptable, sois le bienvenu ! Le second : — Victoire ! le fils du comte Witikind est à nous ! Et le troisième, m'adressant la parole, m'a ordonné de mettre le pied à l'étrier, au nom de Zernebock. — C'est à nous, ô Harold, a-t-il ajouté ; c'est à nous que tu dois ta force et ton audace. Vassal de l'enfer, ne pense pas à résister à l'enfer.

— Le fantôme disait vrai ; mon âme obéissait comme malgré elle à cette voix d'autorité qu'elle semblait reconnaître comme le çaptif devine le son lugubre de la cloche

CHANT SIXIÈME. 49

qui l'avertit que sa dernière heure est arrivée, et qu'il va être arraché de sa prison. Je sentais que tout refus serait inutile ; ma main était déjà sur la crinière fatale ; j'étais prêt à m'élancer sur la selle, lorsque le fantôme mystérieux du pèlerin accourant à mon secours, les démons ont fui en mugissant comme un orage passager.

XI.

— Le noir capuchon, rejeté en arrière, m'a permis de voir ce visage qu'il m'avait toujours caché. Oui, Gunnar, j'ai reconnu mon père dans celui qui est venu plusieurs fois arrêter mes fureurs par ses conseils. Witikind est condamné, pour ses fautes et pour les miennes, à errer malheureux sur la terre, jusqu'à ce que son fils tourne vers le ciel un cœur repentant, et obtienne le repos de son âme… Gunnar, il n'est pas juste que son ombre reste plus long-temps exilée dans ce monde de misère et de douleur. Je veux dompter mon cœur sauvage ; apprendre la pitié et le pardon : et toi, mon page, tu dois m'aider à écouter le repentir ; ainsi l'a dit le fantôme : Ta mère fut une prophétesse, a-t-il ajouté ; sa science lui apprit que le fil de ta vie était étroitement lié à celui de la mienne. Il m'a parlé ensuite, en termes obscurs, d'un déguisement qu'Ermengarde avait inventé pour tromper les yeux indiscrets, et unir à jamais nos destinées. Il me semblait, pendant que mon père parlait, que je comprenais le sens de cette énigme. Je ne vois plus en ce moment que doute et obscurité.

Harold voulut couvrir de sa main son front soucieux, et s'aperçut qu'il avait oublié son gantelet dans le château.

XII.

En écoutant le récit de ce songe mystérieux, Gunnar trembla et pâlit ; mais les derniers mots d'Harold le firent rougir comme la rose qui va s'épanouir. Charmé de pouvoir dérober à son maître cette pudeur qui le trahit, il retourna sur ses pas pour aller chercher le gantelet... Mais bientôt un cri de terreur appelle Harold à son secours.

2. 4

50 HAROLD L'INDOMP TABLE

XIII.

Que trouve le comte Harold dans ce château où il a passé la nuit ?... l'ange du mal sous la forme du dieu qu'adorent les Scandinaves. C'est Odin lui-même : les dépouilles de l'ours du Nord lui servent de manteau ; un météore brille sur sa tête comme un panache menaçant, moins terrible toutefois que l'éclair que lance son regard. Sa taille est égale à celle de la statue de pierre qui orne l'autel d'Upsal. Une barbe blanche ombrage son menton ; sa main tient sa lance faite avec le tronc d'un pin ; il se couvre de son épais bouclier. L'accent de sa voix a quelque chose de sombre et de solennel ; il s'adresse au fils de Witikind, en retenant toujours le jeune page.

XIV.

— Harold, dit-il, quel délire est le tien, de déserter le culte de tes pères, et de renoncer au dieu des héros ? C'est de moi que vient la gloire ou la honte ; je préside à la chasse et aux combats ; un froncement de mes sourcils anéantit les armées. Renonceras-tu donc aussi à ce banquet, on ont été admis tant de guerriers de ta race, Eric et le fier Thorarine, dont les exploits ne seront jamais oubliés ? C'est moi seul qui donne la récompense pour laquelle vivent les fils de la valeur,… la victoire et la vengeance... C'est moi seul qui donne la félicité pour laquelle ils bravent le trépas. C'est dans mon palais que l'on sert l'immortel breuvage dans le crâne d'un ennemi. Harold, tu m'appartiens ; j'en atteste ce gantelet, gage de la fidélité qu'un vassal doit à son seigneur.

XV.

— Génie du mal, répond Harold avec assurance, je te somme de fuir de ces lieux ; qui que tu sois, je te défie. Je saurai me rendre maître de la fureur que tes paroles ont réveillée dans mon âme ; tu ne me raviras ni mon gantelet, ni mon bouclier, ni ma lance… Laisse ce jeune page, et disparais.

— Eivir m'appartient, reprit le spectre ; elle a été

marquée de mon sceau dès le jour de sa naissance. Penses-tu qu'un prêtre pourra l'effacer avec quelques gouttes d'eau, ou qu'un nom et un sexe empruntés anéantiront les droits d'un dieu ?

Ces étranges paroles égarent la raison d'Harold ; il grince des dents avec dépit et rage, car sa nouvelle foi n'a pas encore dompté entièrement son ancienne impétuosité. — J'oserai te braver, s'écrie-t-il, au nom d'une croyance plus pure et d'un ciel plus digne de la vertu, qui viennent de m'être révélés. — Il saisit sa massue, et un combat s'engage entre le mortel et le démon.

XVI.

Des nuages de fumée obscurcirent le ciel ; la terre trembla ; mais ni les feux des enfers, ni la foudre, ni le château ébranlé dans ses fondemens ne purent lasser le courage d'Harold. Dompté par une force supérieure, le démon s'évanouit avec l'orage, et le paladin du nord emporta son Eivir loin de ce lieu de terreur, pour la rendre à la lumière, à la liberté et à la vie,

XVII.

Il la déposa sur un banc de mousse. Non loin de là murmurait un ruisseau aux flots argentés. Des pensées nouvelles troublent l'âme d'Harold ; des craintes jusqu'alors inconnues agitent tous ses sens, pendant qu'il jette d'une main timide quelques gouttes d'eau sur le front de celle qui fut son page ; il voit les couleurs de la vie embellir de nouveau de leur incarnat les joues de cette Eivir si tendre et si fidèle. — Comment ai-je pu, disait-il en lui-même, ne pas la deviner aux tresses de ses blonds cheveux ? Comment les vêtemens d'un page ont-ils suffi pour me cacher les émotions de ce sein blanc comme la neige ? Insensé que j'étais d'aller chercher le carnage et la mort à travers les flots et les déserts, quand j'avais auprès de moi une telle compagne !

XVIII.

Se regardant ensuite dans le miroir de l'onde, il est

52 HAROLD L'INDOMPTABLE.

honteux du désordr e de sa chevelure et de la barbe épaisse qui rend son air encore plus farouche. Il lave les traces sanglantes de son dernier combat, et ce guerrier terrible éprouve enfin la crainte et l'amour. Que fait Eivir !... Elle est revenue à la vie ; cependant elle reste muette, et ose à peine entr'ouvrir ses yeux bleus ; elle se plaît sans doute à épier en silence, et un peu confuse, les premières émotions du cœur d'Harold : la rougeur son front exprime la pudeur et l'espérance.

XIX.

Vainement le héros de Danemarck cherche des termes pour parler de ses nouveaux sentimens, sa bouche n'est familière qu'avec ceux de l'outrage et de la fureur. Il relève sa compagne timide, et lui dit avec une franchise martiale :

— Eivir, puisque tu as si long-temps suivi les pas d'Harold, c'est toi à ton tour qui dois guider les siens. C'est demain la fête de saint Cuthbert ; il verra devant son autel un chevalier chrétien amener une fiancée chrétienne : et l'on dira du fils de Witikind qu'il a été baptisé et marié le même jour.

Jeunes filles, puissent les doux aveux de vos amans être inspirés par la même franchise !

11) CONCLUSION. 12) Eh bien, Ennui, qu'as-tu qui te chagrine ? Pourquoi ces yeux distraits et cette bouche béante ? Tu n'as pas besoin de tourner la page, comme si c'était une feuille de plomb, ou de jeter le volume de côté jusqu'à demain. Sois content : j'ai fini, et je ne lasserai pas ta patience en empruntant une anecdote à Bartholin ou à Sporro. Pardonne à un ménestrel qui vient d'écrire six longs chants ; et qui dédaigne d'y ajouter une seule note.